Anna Morató García

DE GRANDE QUIERO SER... FELIZ

6 cuentos para potenciar la positividad y autoestima de los niños

Ilustraciones de Brenda Figueroa, Mamen Marcén y Marina Martín

ALFAGUARA

El papel utilizado para la impresión de este libro ha sido fabricado a partir de madera
procedente de bosques y plantaciones gestionadas con los más altos estándares ambientales,
garantizando una explotación de los recursos sostenible con el medio ambiente y beneficiosa para las personas.

De grande quiero ser... feliz 3
6 cuentos cortos para potenciar la positividad y autoestima de los niños

Primera edición en España: mayo, 2024
Primera edición en México: julio, 2024

D. R. © 2024, Anna Morató García

D. R. © 2024, Penguin Random House Grupo Editorial, S. A. U.
Travessera de Gràcia, 47-49, 08021, Barcelona

D. R. © 2024, derechos de edición mundiales en lengua castellana:
Penguin Random House Grupo Editorial, S. A. de C. V.
Blvd. Miguel de Cervantes Saavedra núm. 301, 1er piso,
colonia Granada, alcaldía Miguel Hidalgo, C. P. 11520,
Ciudad de México

Ilustraciones de Brenda Figueroa, Mamen Marcén y Marina Martín

penguinlibros.com

Penguin Random House Grupo Editorial apoya la protección del *copyright*.
El *copyright* estimula la creatividad, defiende la diversidad en el ámbito de las ideas y el conocimiento,
promueve la libre expresión y favorece una cultura viva. Gracias por comprar una edición autorizada
de este libro y por respetar las leyes del Derecho de Autor y *copyright*. Al hacerlo está respaldando a los autores
y permitiendo que PRHGE continúe publicando libros para todos los lectores.

Queda prohibido bajo las sanciones establecidas por las leyes escanear, reproducir total o parcialmente esta obra
por cualquier medio o procedimiento así como la distribución de ejemplares
mediante alquiler o préstamo público sin previa autorización.
Si necesita fotocopiar o escanear algún fragmento de esta obra diríjase a CemPro
(Centro Mexicano de Protección y Fomento de los Derechos de Autor, https://cempro.com.mx).

ISBN: 978-607-384-318-8

Impreso en México – *Printed in Mexico*

Esta obra se terminó de imprimir
en el mes de julio de 2024,
en los talleres de Offset Santiago S.A de C.V.,
Ciudad de México.

¡GRACIAS!

A mis tres hijos.
A mis padres.
A mis hermanos.
A mi marido.

PRÓLOGO

Antes de que nos demos cuenta, nuestros hijos e hijas crecerán y emprenderán su propio camino. Y lo harán en una sociedad que los bombardeará con muchos mensajes, promesas y productos que les asegurarán **«LA FELICIDAD»**. Escucharán que:

- Determinados alimentos los harán felices…
- Hacer un fantástico viaje los hará felices…
- Ciertas marcas y prendas de ropa los harán felices…
- Un tipo de cuerpo o un tratamiento en concreto los hará felices…

Con todos estos mensajes, ¿es posible prepararlos para que no caigan en la trampa de «buscar», «perseguir» y «comprar» esa felicidad?

¿Cómo podemos prepararlos para esta tormenta de mensajes?

En mis primeros dos libros de **«DE GRANDE QUIERO SER... FELIZ»** explico que la felicidad no se «busca» fuera, y en esta tercera entrega profundizo en ello, mostrando la diferencia entre **«BUSCAR»** fuera y **«MIRAR» dentro de nosotros**.

Que entiendan e interioricen que la felicidad está dentro de ellos y que tengan hábitos para cuidar y sanar su mundo interior es fundamental para que **DE GRANDES** sean felices. Pero a la vuelta de la esquina hay una etapa previa a que sean **GRANDES**: la **ADOLESCENCIA**, que se prepara en la infancia.

1 DE ADOLESCENTE TAMBIÉN QUIERO SER... FELIZ

Es verdad que la adolescencia es una etapa que puede ser complicada por todos los cambios que conlleva. Pero también es cierto que será una etapa aún más complicada si los chicos y las chicas no son conscientes de **LA IMPORTANCIA Y EL PODER** de su **MUNDO INTERIOR**, que les permitirá anclarse a él en los momentos difíciles.

Llegar a la adolescencia sin ser conscientes de la existencia de su **MUNDO INTERIOR** es como estar en un terreno desconocido sin brújula, y esto hará que sucedan algunas de estas cosas:

- Que sientan que no encajan.
- Que se sientan perdidos.
- Que intenten ser alguien que no son.
- Que quieran rebelarse y, en el proceso, se perjudiquen a ellos mismos.
- Que tengan múltiples emociones confusas de forma prolongada y no sepan cómo procesarlas.
- Que tengan ganas de «evadirse» con sustancias nocivas.

Por eso es tan importante que aprendan a escuchar y a cuidar su mundo interior y que vayan interiorizando que:

Su felicidad dependerá más de lo que **ELLOS**...

DIGAN, PIENSEN Y HAGAN

y **NO** de lo que los **DEMÁS**...

DIGAN, PIENSEN Y HAGAN

Me gustaría matizar un poco más este concepto de «mirar dentro de uno mismo», porque puede llevar a confusión. No es lo mismo mirar dentro que mirarse el ombligo. Es importante entender la diferencia, puesto que en el segundo caso se consigue justo lo contrario de lo que nos gustaría que aprendieran nuestros hijos para afrontar los retos de la vida.

MIRAR DENTRO

Significa cuidar de mi mundo interior para estar bien conmigo mismo y también con los demás. Para ello es necesario trabajar la confianza, la empatía, el lenguaje positivo, el agradecimiento, escuchar mi **VOZ INTERIOR** y, sobre todo, trabajar **mi gestión emocional**.

Así fomento:

UNA ACTITUD POSITIVA   **UNA AUTOESTIMA SANA**

Y, ante la adversidad, fomento tener:

CALMA Y SEGURIDAD

y mentalidad y sentimiento de **EMPODERAMIENTO**.

Es decir, sentirme **RESPONSABLE** de mi vida (independientemente de quién tenga la culpa de las cosas que me pasan). Está en mis manos mejorar, salir y **AVANZAR** a mi ritmo, incluyendo pedir **AYUDA**.

CRECER Y MADURAR COMO PERSONA PARA SER FELIZ

MIRARME EL OMBLIGO

Significa verme como el centro del universo, pensar que lo mío siempre es lo mejor o lo peor, que algunos derechos vienen sin ninguna obligación o responsabilidad y esperar que el mundo se adapte a mí. Inconscientemente, llamo la atención de forma constante para sentirme protagonista. Y, sobre todo, no sé cómo gestionar mis emociones.

Así fomento:

UNA ACTITUD NEGATIVA   **UNA AUTOESTIMA BAJA**

Y, ante la adversidad, fomento tener:

NERVIOSISMO E INSEGURIDAD

y una mentalidad y tendencia a **VICTIMIZARME**.

El sentimiento de **CULPA** puede hacer que me culpe a mí mismo de mis problemas y adversidades o, por el contrario, que culpe siempre a los demás. En ambos casos la culpa me paraliza y no soy capaz de salir de la situación, no puedo mejorar ni avanzar.

INMADUREZ, CULPAR AL MUNDO DE MI INFELICIDAD

{ Este esquema es una simplificación de unos conceptos muy complejos. Está hecho con la intención de transmitir de forma sencilla estos conceptos. Quiero matizar que utilizo la palabra «víctima» en referencia a un tipo de mentalidad y sin ninguna intención de menospreciar ni invalidar a las personas que realmente son víctimas. }

Igual que es importante para afrontar esta nueva etapa que los padres tengamos en cuenta cómo evolucionan el desarrollo del cerebro y las necesidades del adolescente, también es fundamental la otra parte de la ecuación: que los preparemos desde pequeños para que sean conscientes y estén conectados a su **MUNDO INTERIOR**.

Por eso es tan importante aprender sobre ello desde bien pequeñitos, aunque nunca es demasiado tarde para empezar si todavía no lo hemos hecho.

2 ¿QUÉ CONTROLAMOS?

Quiero remarcar que, por supuesto, **no todo** está en nuestras manos, no podemos controlarlo todo. Hay factores aleatorios sobre los cuales no tenemos ningún control. Pero ¿qué parte es mayor: la que controlamos o la que **NO**?

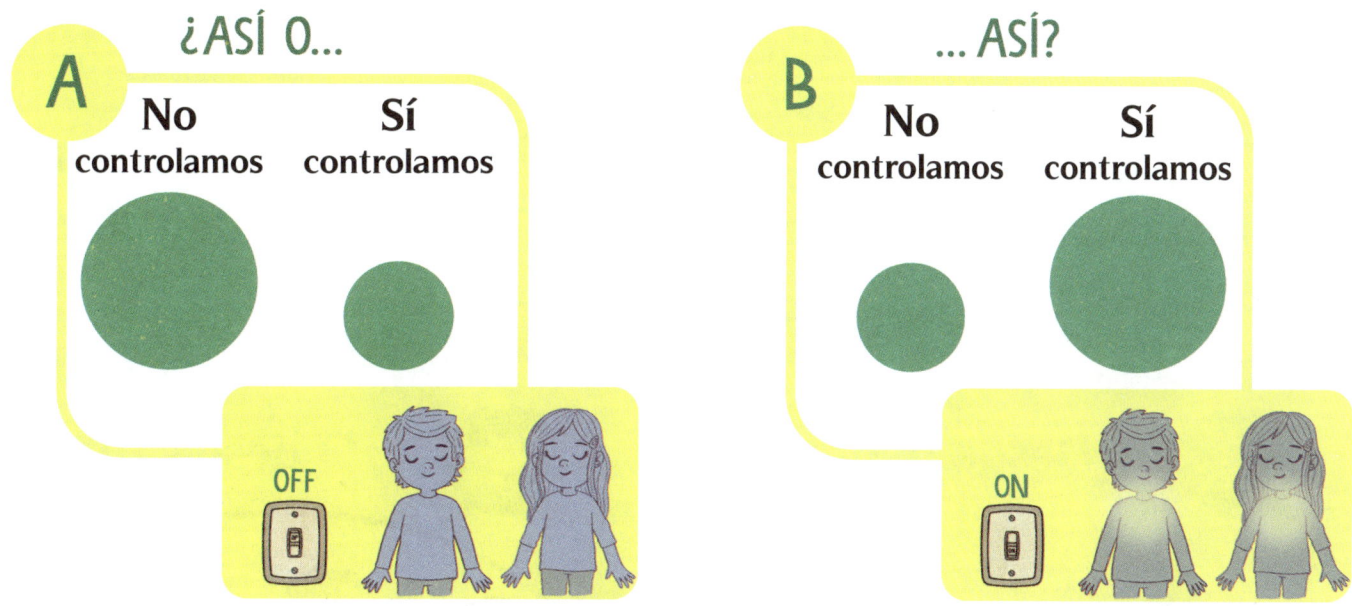

Para mí, la respuesta depende de si cuentas con tu **«MUNDO INTERIOR»**. Podemos controlar muchas más cosas de las que creemos, porque dentro del mundo interior están nuestros hábitos, nuestras palabras y nuestra gestión emocional. Todo esto influye muchísimo en nuestra calidad de vida y en nuestro bienestar, y hay que dedicarles **TIEMPO**. Además, en muchas ocasiones no somos conscientes de nuestro poder, incluyendo la capacidad de pedir **AYUDA**.

3 LAS CUATRO HORMONAS DE LA FELICIDAD

Cuando hablamos de felicidad, también hay que tener en cuenta las cuatro hormonas de la felicidad: la endorfina (tranquilidad), la dopamina (placer), la serotonina (bienestar) y la oxitocina (amor).

¿Cómo alimentamos MAYORITARIAMENTE nuestras cuatro hormonas de la felicidad: desde DENTRO o desde FUERA?

ENDORFINA   DOPAMINA   SEROTONINA   OXITOCINA

A ¿Desde dentro?   **B** ¿O desde fuera?

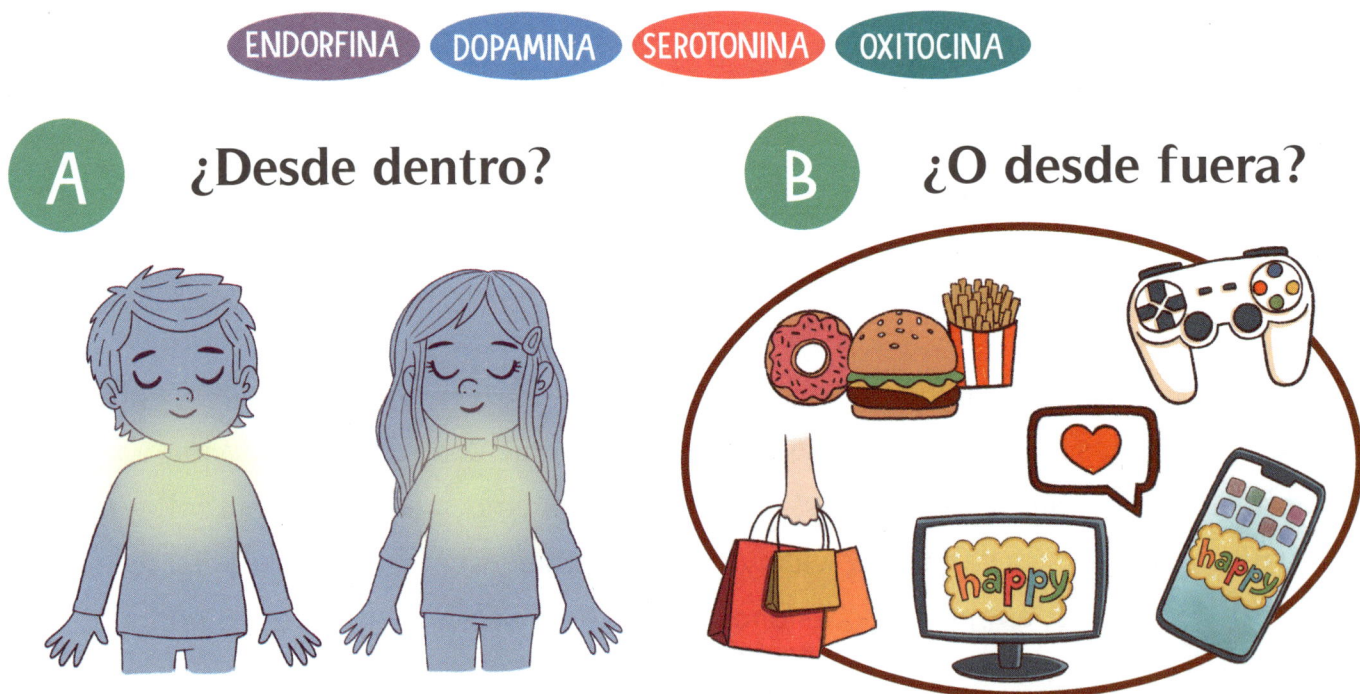

Cuando nuestro estilo de vida se «alimenta» **MAYORITARIAMENTE** de nuestro **A) MUNDO INTERIOR**, sentiremos bienestar y no «dependeremos» de una serie de cosas materiales para sentirnos bien.

ENDORFINA
- Aficiones
- Reír
- Música

DOPAMINA
- Ejercicio, deporte
- Descanso, sueño
- Satisfacción

SEROTONINA
- Agradecimiento
- Naturaleza
- Sol

OXITOCINA
- Pensamientos positivos
- Abrazos
- Amabilidad
- Generosidad

Si nuestro estilo de vida se «alimenta» **MAYORITARIAMENTE** de **B) COSAS DE FUERA**, se suele producir un exceso de **DOPAMINA**. Este estilo de vida no fomenta que se «alimenten bien» las otras tres hormonas. Si «buscamos la felicidad» fuera, en realidad lo único que conseguiremos es nuestro propio **DESEQUILIBRIO**.

FALTA DE ENDORFINA
- Vida sedentaria

DEPENDENCIA A LA DOPAMINA
- Comprar
- Comida basura
- *Likes*, redes sociales

FALTA DE SEROTONINA
- No salir fuera suficiente (sol, aire)
- Estrés

FALTA DE OXITOCINA
- Relacionarse poco con los demás
- Poca afectividad
- Pensamientos negativos

4 EL PODER DE NUESTROS HÁBITOS

Nuestros **HÁBITOS** determinan **NUESTRO ESTILO DE VIDA**.

Por eso, en último lugar quería hablar sobre la importancia de las pequeñas decisiones que tomamos cada día y que forman los **HÁBITOS** que queremos que nuestros hijos e hijas tengan.

Cuando pensamos en hábitos saludables, nos suelen venir a la cabeza hábitos relacionados con la alimentación, el deporte y los estudios, pero no son los únicos hábitos que podemos adquirir. También existen hábitos emocionales y hábitos mentales y afectivos que podemos incorporar en nuestras rutinas y que nos benefician.

Pero, sobre todo, nuestros hábitos deben estar alineados con nuestro **MUNDO INTERIOR**.

NUESTROS HÁBITOS DETERMINAN EN GRAN PARTE CÓMO SERÁ LA PELÍCULA DE NUESTRA VIDA.

En los dos libros anteriores escribí un cuento para cada uno de estos seis conceptos. Sin embargo, en esta tercera entrega quise trabajar varios conceptos en cada relato. En el prólogo de cada narración iré indicando cuáles son.

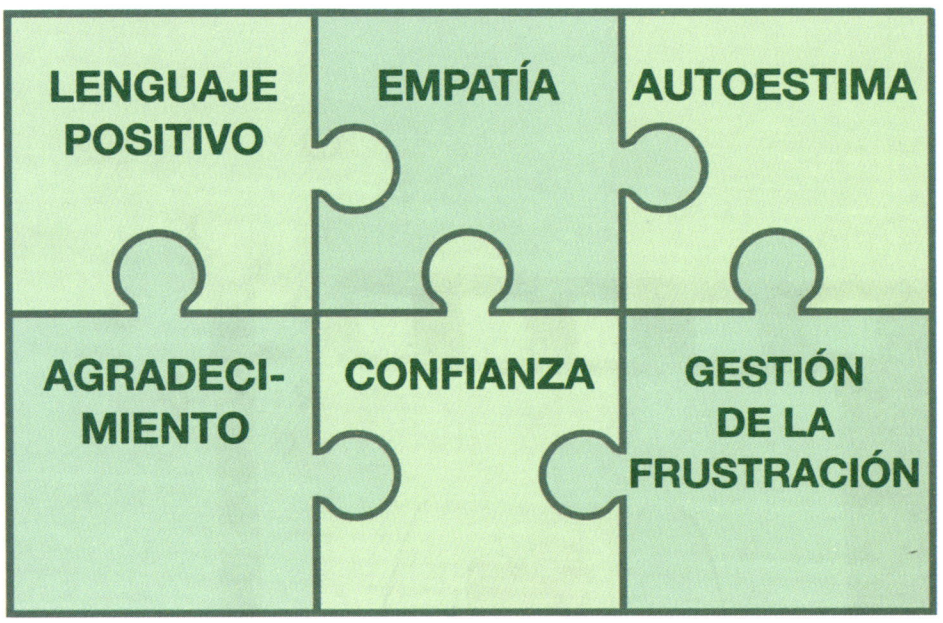

Para mí, estos seis conceptos son piezas claves para hablar de felicidad, y cada una de ellas favorece que se utilicen las demás. Aprendamos a usarlas para que sumen y encajen todas entre sí.

Como siempre, busqué situaciones muy cotidianas y con **METÁFORAS VISUALES** para explicar el concepto o la herramienta, porque si nuestros hijos aprenden a comportarse en estos casos **DE GRANDES** sabrán comportarse mejor en situaciones **AÚN** más difíciles o complicadas.

6 CUENTOS · 6 CONCEPTOS

NUESTRO MUNDO INTERIOR
Dentro de ti

.... Página 21 ....

APRENDER DE NUESTROS ERRORES
Las escaleras

.... Página 41 ....

NO COMPARARSE CON LOS DEMÁS
Veo, veo... ¿Qué ves?

.... Página 55 ....

CONVIVENCIA EN GRUPO
Las tachuelas

.... Página 69 ....

HÁBITOS POSITIVOS
En tus manos

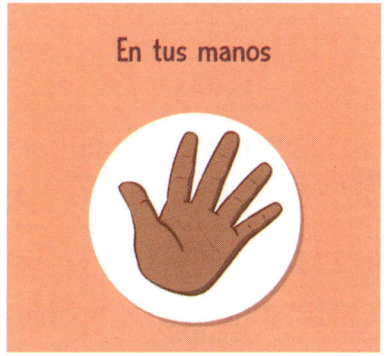

.... Página 85 ....

HACER LO CORRECTO
La brújula

.... Página 101 ....

Deseo de corazón que los seis nuevos cuentos de esta tercera entrega de la colección **«DE GRANDE QUIERO SER... FELIZ»** resulten útiles y ofrezcan nuevas herramientas y metáforas para seguir preparando mejor a nuestros hijos para el futuro.

6 cuentos cortos para ser positivos

I. DENTRO DE TI

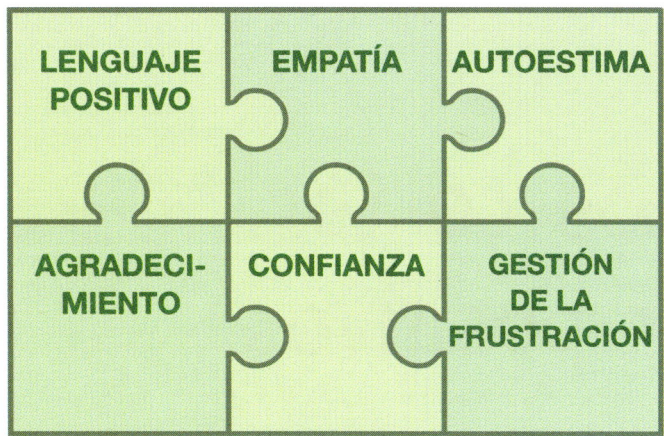

Conceptos a transmitir

Este cuento engloba los seis conceptos y por eso en un principio iba a ser el último del libro, a modo de resumen. Sin embargo, al final quise presentarlo como el primero por su relevancia, ya que, si queremos que nuestros hijos e hijas **MIREN DENTRO DE SÍ MISMOS**, tendremos que explicarles qué es lo que realmente «hay dentro».

El mundo interior es todo un mundo en sí, valga la redundancia. Es complejo y hay que dedicar tiempo a conocerlo y cuidarlo, pero esto apenas se hace en toda la etapa educativa desde los tres años hasta los dieciocho.

Este cuento está pensado para ser un primer contacto con este mundo tan importante. Considero que es clave que lo vayan aprendiendo desde bien pequeños, para que en cada etapa de su vida sean plenamente conscientes de su mundo interior y sepan conectarse a él, ya que será su mejor **TIMÓN**.

Dentro de ti

Desde pequeños, la mamá de Álvaro y Alejandra les cuenta que existen DOS MUNDOS. Uno de ellos es el que hay fuera de ti, EL MUNDO EXTERIOR, y es el que ves cada día a tu alrededor. Tu familia, tu casa, tu colegio, tus amigos, tu ciudad… Es el mundo que percibes a través de los cinco sentidos: la vista, el tacto, el olfato, el oído y el gusto.

El otro mundo es el que tú tienes dentro de ti, **TU MUNDO INTERIOR**.
Y, aunque no lo puedas ver porque es invisible, es muy importante.

Estos dos mundos están conectados.

¿Cómo?

Cuando en el mundo de **AFUERA** algo te resulta difícil, te cuesta o crees que no lo podrás hacer o conseguir, tienes que **MIRAR**…

DENTRO DE TI (en tu mundo de dentro).

Porque es donde tienes la **CONFIANZA**, que te ayudará a superarlo. La confianza te ayuda a **CREER EN TI MISMO**. Utiliza el poder de las palabras para decirte a ti mismo que puedes, que eres capaz, que vale la pena esforzarse y que puedes hacer cosas difíciles.

Cuando en el mundo de **AFUERA** ves que algún compañero necesita ayuda, que se queda solo en el patio o que se cae, tienes que **MIRAR**…

DENTRO DE TI.

Porque es donde tienes la **EMPATÍA**, que te permitirá pensar en cómo se siente la otra persona y preguntarle si necesita ayuda.

Y, sobre todo, recuerda: no hagas a los demás lo que no te gustaría que te hicieran a ti.

La empatía nos ayuda a ser buenas personas.

Cuando en el mundo de **AFUERA** veas juguetes nuevos en las tiendas o anuncios de cosas que te gustaría tener, o si ves que algún amigo tiene algo que tú no tienes y querrías, tienes que **MIRAR**…

DENTRO DE TI.

Porque es donde tienes el **AGRADECIMIENTO**, que te permite estar contento con todas las cosas buenas que ya tienes, que son muchas, y valorar sobre todo a las personas que te quieren y te cuidan.

Cuando en el mundo de **AFUERA** te sientes mal porque a alguien no le gusta tu dibujo o cómo vistes, te critica o se mete contigo porque eres diferente, o sientes que no piensas igual que los demás, tienes que **MIRAR**...

DENTRO DE TI.

Porque es donde tienes la **SEGURIDAD**, que te permite estar orgulloso de ti mismo por ser como eres. No tienes que gustar a los demás, sino a ti. Si a ti te gusta, si a ti te parece bien, es suficiente. No tienes que pensar o hacer siempre lo mismo que los demás. Es importante que seas tú mismo. Esta **SEGURIDAD** te dará **FUERZA** para defenderte o pedir ayuda si se meten contigo. Porque no es más fuerte el más grande, más alto o más musculoso, sino que **LA VERDADERA FUERZA** es la que uno tiene dentro.

Cuando en el mundo de AFUERA te ocurra algo que te haga sentir una o varias emociones incómodas, como rabia, frustración, tristeza, enfado o vergüenza, tienes que MIRAR…

DENTRO DE TI.

Porque es donde está tu capacidad de **PROCESAR ESTAS EMOCIONES**. Por eso es importante aprender a escucharlas, aceptarlas, expresarlas y, sobre todo, aprender a soltarlas, respetando a los demás y a ti mismo. Porque si las ignoramos, nuestro mundo de dentro se pone malito.

Además, **DENTRO DE TI** está la fuerza más **PODEROSA** del universo:

EL AMOR.

Amor para las personas de tu alrededor y también para quererte a ti mismo **TAL COMO ERES**.

En el **MUNDO DE AFUERA** nos pasan muchísimas cosas buenas, pero también nos encontraremos con momentos complicados, problemas y retos. ¿Y cuál de estas dos opciones **CREES** que nos dará más fuerza?

¿MIRAR AFUERA?   ¿MIRAR DENTRO?

Si **MIRAMOS DENTRO**, siempre encontraremos algo que nos ayudará a afrontar esas situaciones y a tomar una **BUENA DECISIÓN**.

- CURIOSIDAD
- RESPETO
- COMPASIÓN
- PERSEVERANCIA
- VALENTÍA
- CONFIANZA
- RESILIENCIA
- EMPATÍA
- CREATIVIDAD
- HONESTIDAD
- AMOR
- HUMILDAD
- PACIENCIA
- SENSIBILIDAD
- AGRADECIMIENTO
- JUSTICIA
- LEALTAD
- SEGURIDAD
- TOLERANCIA
- EMOCIONES
- SOLIDARIDAD
- MOTIVACIÓN
- RESPONSABILIDAD

Recuerda que tu **MUNDO INTERIOR** tiene la **LLAVE** para afrontar mejor los retos del **MUNDO EXTERIOR** de forma **POSITIVA**, y eso te ayudará a ser **FELIZ**.

La mamá de Alejandra y Álvaro confía en que, a medida que vayan creciendo, sabrán **MIRAR EN SU MUNDO INTERIOR Y CUIDARLO** para que esté fuerte y sano.

DENTRO DE TI tienes un mundo maravilloso. Aprende a utilizar todo el **PODER** que hay en él.

FIN

2. LAS ESCALERAS

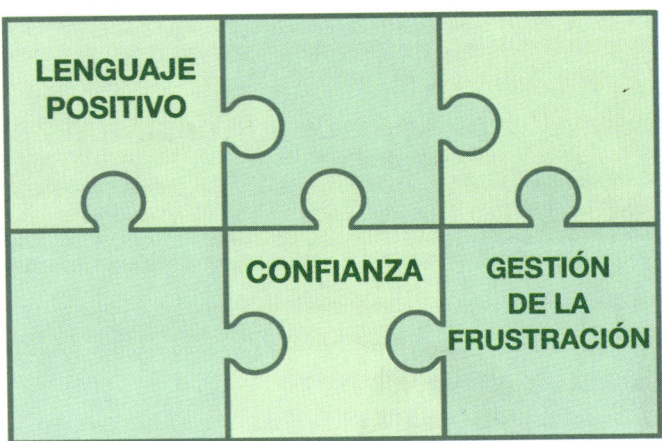

Conceptos a transmitir

Cometer errores es una parte importante del proceso de **APRENDIZAJE** de cualquier actividad o tarea, e incluso de la vida misma.

En este cuento explico la importancia de saber afrontarlos. Vale la pena que los niños entiendan que todos cometemos errores, que es algo natural y que, sobre todo, debemos **APRENDER** de ellos.

Cuando nuestros hijos se equivoquen, según qué palabras utilicemos podemos transmitirles que **SU** error es un reflejo de su torpeza o incapacidad, y esas palabras se les quedarán grabadas como si fueran una **ETIQUETA**.

Debemos fomentar con nuestras palabras que **APRENDAN** de sus errores, en vez de hacer que sientan culpa, vergüenza o humillación por cometerlos.

Las escaleras

La semana pasada, cuando Santi se sirvió agua en el comedor de la escuela, llenó demasiado el vaso y derramó el agua. Santi, como todas las personas del mundo, a veces se equivoca.

¡Qué torpe soy!

¡Siempre se me olvidan las cosas!

Algunos días también se le olvida llevarse a casa la libreta con la tarea.

Hoy, antes de salir al patio, se guardó una pluma en el bolsillo del pantalón. Pero, con las prisas por salir a jugar con sus amigos, no le puso la tapa y se le manchó la ropa.

¡Uf, nunca tengo una idea buena!

A Santi no le gusta equivocarse y, cuando se da cuenta de que ha cometido un error, se siente mal y baja la cabeza.

Tampoco le gusta marcar sin querer un gol en su propia portería ni que lo atrapen mirando su álbum de estampas en vez de estar recogiendo su cuarto, como su padre le pidió.

¡Soy muy malo jugando al futbol!

¡Soy un desastre, no he hecho lo que papá me pidió!

Santi se siente mal cuando no hace lo que le piden o cuando algo no le sale bien. A nadie le gusta equivocarse. Santi no sabe si es normal equivocarse tanto, pero tiene la sensación de que él se equivoca demasiado.

Además, cuando se equivoca, a veces los adultos le dicen…

«¡Siempre estás igual!».

«¡Otra vez, Santi!».

«¡Siempre lo haces mal!».

«¡Siempre te equivocas!».

«¡Ya me cansé de repetírtelo!».

Entonces no solo baja la cabeza, sino que también siente como si estuviera bajando por una escalera…

Y cada vez que baja la escalera, también baja su ánimo.

Santi acaba repitiéndose a sí mismo:

«Soy el peor, siempre me equivoco, todo me sale mal, no valgo para nada...».

Su **MADRE** se dio cuenta de que, de tanto repetir estas frases, Santi tenía en la cabeza una señal que decía: **«NO VALGO»**.

Estaba muy preocupada. Santi no podía seguir así. Su madre tenía que ayudarlo a conseguir que, en vez de bajar la escalera…,

LA SUBIERA, y así también subiría su ánimo.

Dependiendo de lo que dices cuando te equivocas, tus palabras te ayudan a subir o bajar esta escalera. Y por eso era muy importante que Santi **CAMBIARA LAS PALABRAS QUE SE DECÍA** cuando se equivocaba.

De esta forma, también consiguieron que el ánimo de **SANTI** subiera y que la **SEÑAL** de su cabeza cambiara a… «**YO VALGO**».

Decirte a ti mismo «**YO VALGO**» te ayuda a creer que **ERES CAPAZ DE APRENDER, MEJORAR Y HACERLO BIEN**.

Un día, la hermana de Santi, Alba, se vistió sola, pero se puso la camiseta al revés. Cuando Santi la oyó decir que siempre lo hacía todo mal, le explicó lo de bajar y subir la escalera.

¡Siempre hago todo al revés!

Esa noche, Alba le contó a su hermano que estaba nerviosa porque al día siguiente en clase iban a leer en voz alta y no quería equivocarse.

Por la mañana, antes de entrar a la escuela, Santi le recordó a su hermana:

—Todos nos equivocamos, así que no te preocupes si algo no te sale bien. Lo importante es aprender de nuestros errores.

—Claro que sí, Santi —dijo su madre, que los había oído—. Nadie es perfecto, nadie lo hace todo bien. No debes sentirte mal si te equivocas; la clave está en las palabras que eliges decirte a ti mismo cuando cometes un error.

Podemos cambiar nuestras palabras cuando nos equivocamos:

Tengo que servir el agua más despacio.

¡Qué torpe soy!

¡Soy un desastre, no he hecho lo que papá me pidió!

Es mejor que recoja antes de estar en lo mío.

¡Siempre se me olvidan las cosas!

Apuntaré las cosas en mi agenda.

¡Siempre me equivoco jugando al futbol!

Seguiré entrenando para mejorar.

¡Uf, nunca tengo una buena idea!

Para la próxima, ya sé que no tengo que guardar una pluma en el pantalón.

Todos nos equivocamos y todos podemos APRENDER a utilizar palabras que nos ayuden a subir la escalera.

Cuando te equivoques, DENTRO DE TI tienes el PODER de decidir si BAJAS o SUBES la escalera. TÚ DECIDES.

FIN

3. VEO, VEO... ¿QUÉ VES?

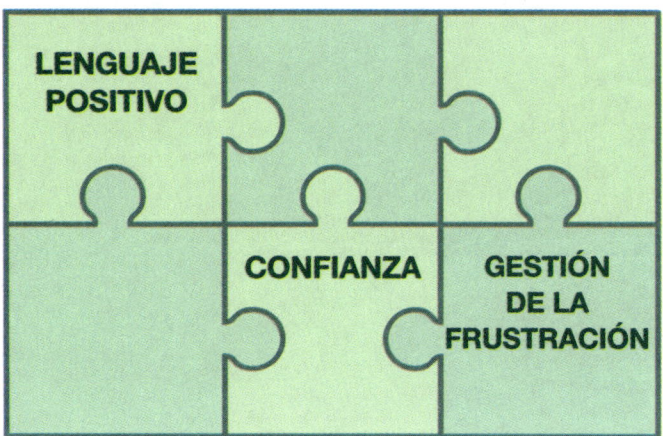

Conceptos a transmitir

COMPARARSE CON LOS DEMÁS es una de las cosas que pueden contribuir a tener una baja autoestima. En un mundo tan visual como el nuestro, es natural que nos dejemos deslumbrar por todas las cosas y los logros que vemos a nuestro alrededor. Así pues, es importante que nuestros hijos e hijas vayan aprendiendo, desde bien pequeños, a centrarse más en ellos mismos que en los demás.

Para ello es fundamental que los adultos no contribuyamos a esa comparación. Si queremos que entiendan e interioricen que cada uno tiene su **PROPIO RITMO** y sus **PROPIAS HABILIDADES**, no debemos caer en el error de compararlos con sus hermanos, familiares, amigos o compañeros.

Veo, veo... ¿Qué ves?

Vicky tiene unos ojos muy bonitos y grandes. Es muy observadora y, sobre todo, **SUPERALEGRE**. Le encanta fijarse en todo lo que pasa a su alrededor y no se pierde ningún detalle.

Pero, últimamente, esos preciosos ojos estaban un poco tristes.

Vicky comenzó a fijarse demasiado en los demás… y siempre acababa **COMPARÁNDOSE CON ELLOS**. Empezó a quejarse de que…

De tanto fijarse en lo que hacían los demás, un día notó que los ojos se le empezaban a cansar. Por la noche, cuando fue a cepillarse los dientes y se miró en el espejo…, **NO SE VIO**. Ya no se veía a ella misma, sino que veía a todas las personas con las que se había comparado.

Vicky se frotó los ojos un par de veces, pero seguía sin verse a sí misma. ¿Qué le pasaba? Se fue corriendo a buscar a su papá para contarle lo que le sucedía.

Su papá intentó calmarla explicándole que eso podía ocurrir porque se fijaba demasiado en los demás, en lugar de en ella misma.

—Es fundamental que te fijes más en **TI MISMA**, que es de quien realmente te tienes que interesar y ocupar —le dijo.

Por ejemplo, a veces te comparas demasiado con tu hermana mayor. Son diferentes, ni mejor ni peor, y cada una va a su ritmo y tiene sus habilidades. Cada una tiene que estar contenta y orgullosa de lo que se le da bien hacer. Y tampoco es bueno que te compares con tus amigos o tus compañeros…

Porque cuando te **FIJAS** y te **COMPARAS** demasiado **CON LOS DEMÁS**, puedes tener la sensación de que…

- Los otros siempre lo hacen mejor.
- Lo que tú tienes te parece poco.
- Los demás se la pasan mejor.
- No tienes suficiente habilidad.

Y por eso ya no te ves a ti misma en el espejo.

En vez de fijarte tanto en los demás, debes fijarte más en TI. Así podrás…

- Ver que mejoras.
- Apreciar y agradecer todo lo que tienes.
- Estar contenta contigo misma y con lo que eres capaz de hacer.
- Verte a ti misma en el espejo.

VEO, VEO… ¿Qué ves? —le preguntó su padre.

—Me veo a mí, papá —exclamó Vicky.

En clase de educación física, ahora Vicky no se fija en quién es el más rápido, sino en que ella va mejorando cada día.

Por la noche, cuando se lava los dientes y se ve en el espejo, ahora sonríe porque está orgullosa de sí misma, tal como es. Sus ojos vuelven a brillar porque está contenta, porque **APRENDIÓ** a fijarse en ella y no en los demás.

DENTRO DE TI tienes el **PODER** de decidir si te fijas en los demás o si te fijas en ti mismo. **TÚ DECIDES.**

FIN

4. LAS TACHUELAS

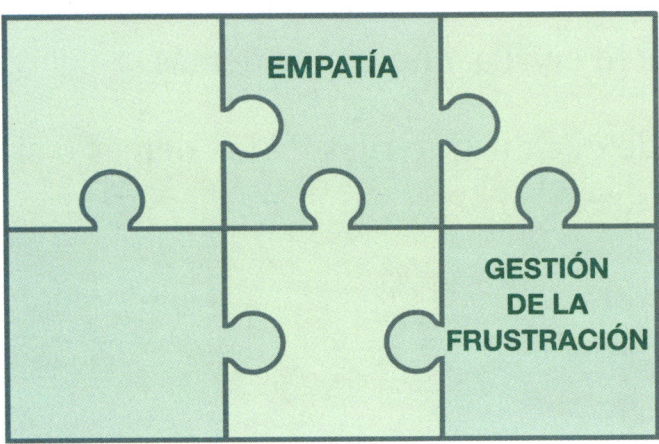

Conceptos a transmitir

Este cuento se centra en la importancia de aprender a convivir en grupo. Porque, cuando estamos en grupo, hay intereses y opiniones diferentes y, para que eso no escale a discusiones fuertes o peleas, es necesario que todos pongamos de nuestra parte.

Puede resultar frustrante estar en una situación con otras personas y que las cosas no salgan como uno quiere. Pero eso no justifica ciertos comportamientos. Es importante que acompañemos a nuestros hijos en este proceso de aprendizaje de lo que significa **CONVIVIR**, es decir, ser flexibles, adaptarse, ser tolerantes y aceptar que no siempre podrán salirse con la suya.

Y, sobre todo, hay que entender que la **CONVIVENCIA NO** significa que tengamos que estar de acuerdo, pero lo que sí tiene que haber siempre es **RESPETO**.

Las tachuelas

Hoy se reunieron todos los primos en casa de la abuela. Algunos viven lejos y no se pueden ver tantas veces como les gustaría, pero cuando lo consiguen…

SE LA PASAN BOMBA JUGANDO TODOS JUNTOS.

Aunque hay momentos en que no todo va tan bien.

De repente, Sandra se cansa y ya no quiere jugar a lo mismo que los demás. Se pone de **MAL HUMOR** porque **SE ABURRE** y se pone en **MODO TACHUELA**, es decir, empieza a pinchar a sus dos primos más pequeños quitándoles el dado.

Pero ella no es la única que se pone así.

Carlos se cansa de jugar con su juguete y quiere el de su primo, pero, como este no se lo da, Carlos también se pone de mal humor y empieza a pincharlo tirándole los bloques con los que está jugando…

Y ahí no acaba la cosa: Javi también empieza a pinchar a su prima.

De hecho, ahora el cuarto de juegos parece un campo de batalla, y solo se oyen quejas y gritos acompañados de malos gestos.

El tío Paco, al oír todo el escándalo, entra al cuarto para poner un poco de orden.

—**PERO, BUENO**… ¿Qué pasa aquí? —exclama.

Después de escuchar la versión de cada uno, él les explica que, aunque las cosas no sean como tú quieres, **PINCHAR** al otro no es la solución.

—En primer lugar, porque **MOLESTAR A LOS DEMÁS** no te hará sentir mejor. Si pinchas, como una tachuela, lo más probable es que la otra persona te devuelva el pincho. Si tratas mal, te tratarán mal. Y así es como empiezan muchas peleas.

En segundo lugar, cuando jugamos en grupo, hay que tener en cuenta que no siempre se hará lo que **UNO QUIERE** y tenemos que aceptarlo. Entre todos hemos de contribuir a que haya buen ambiente. Por eso, cuando estamos en grupo, debemos aprender varias cosas: a ser flexibles, adaptarnos, convivir, respetar, ser tolerantes y aceptar que no siempre se hará lo que **UNO QUIERE**.

Imaginen que todas estas cosas que necesitamos para que haya armonía en el grupo son **GLOBOS**. Si estamos de mal humor y nos ponemos en modo tachuela, pincharemos todos esos globos y se acabarán la armonía y el buen ambiente.

Cuando reaccionamos pinchando, la cosa acaba mal, como han comprobado.

Cuando te entren ganas de picar y pinchar, acuérdate de ponerle un corcho a la tachuela y busca otra forma de afrontar la situación. No es fácil, pero hay que aprender y practicar.

Por ejemplo:

- Hay que **HABLAR CON LOS DEMÁS** e intentar expresar con palabras lo que quieres, sin gritar.
- Hay que aprender a **ESPERAR** a que te toque tu turno para jugar con un juguete.
- Hay que darle una oportunidad a cada juego. Aunque tú no lo hayas elegido, podría gustarte.
- Hay que aprender a hacer otra cosa por tu cuenta, encontrar algo que te entretenga. Utiliza tu creatividad para hacer algo que te guste a ti.
- Puedes **PROPONER** algo que a ti te guste hacer.
- Debes aceptar y **RESPETAR** lo que al final se decida hacer.

Ahora, cuando se juntan los primos, intentan acordarse de que todos tienen que poner algo de su parte. Y, cuando a uno de ellos se le olvida, los demás le recuerdan que tiene que colocar un corcho en su tachuela, porque, si no, la cosa acaba mal. Ahora, en vez de tachuelas, tienen los globos de buen ambiente.

Cuando estás jugando y te pones de mal humor porque algo no te gusta, recuerda que **DENTRO DE TI** tienes el **PODER** de **DECIDIR** si pinchas o si le pones un corcho a la tachuela. Tú decides.

FIN

5. EN TUS MANOS

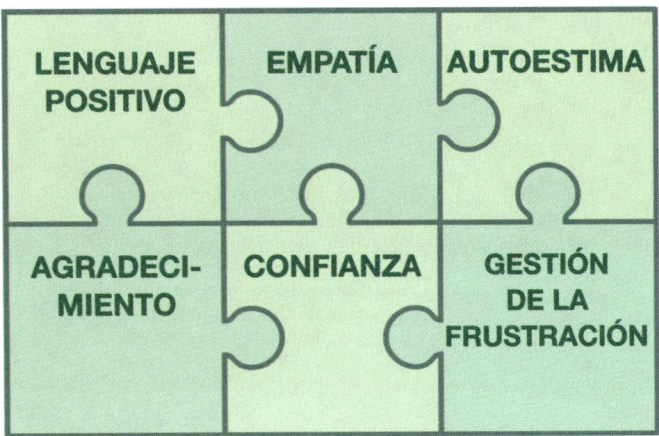

Conceptos a transmitir

Como ya comenté en el prólogo inicial, nuestros **HÁBITOS** marcan nuestro estilo y calidad de vida. En este cuento, hablo de cinco hábitos que nos ayudarán a que en casa haya un poco más de armonía. *A priori*, pueden parecer de poca importancia, pero creo que su impacto es mayor de lo que parece.

Para que notemos los beneficios de estos hábitos, debemos ser constantes, como indica la propia definición de «hábito», y es conveniente que todos los miembros de la familia los incorporemos.

En tus manos

Diego y Valeria se cepillan los dientes después de cada comida. A veces les da pereza hacerlo y se hacen los apáticos, pero su madre les insiste en que es un hábito muy importante. Un día aprovechó y les preguntó:

—¿Saben qué es un hábito?

Los dos se miraron para ver si el otro contestaba primero, porque, aunque les sonaba la palabra, no sabían muy bien qué era.

Al ver su reacción, su madre les empezó a explicar:

—Un hábito es cuando **REPITES** una acción a diario y, como te acostumbras a hacerla, casi la haces sin pensarlo. Además de algunos hábitos que ya tenemos en casa, como bañarnos o quitarnos los zapatos antes de entrar en casa, hay **HÁBITOS POSITIVOS** que nos ayudan a sentirnos y estar mejor.

Y creo que es un buen momento para que empecemos en casa con los **CINCO HÁBITOS DE ORO**.

—¿Javi también? —preguntó Valeria, refiriéndose a su hermano pequeñito.

—De momento es muy pequeño, pero, si los ve a ustedes hacerlo, él también lo hará cuando sea grande. Recuerden que, como cualquier hábito, está en sus manos hacerlo, y para ello tienen que repetirlo cada día.

Vamos a ver los **CINCO HÁBITOS DE ORO**. Empecemos por el primero…

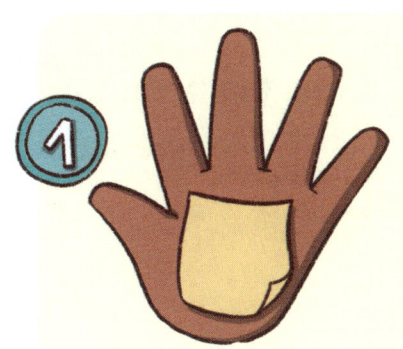

ESTÁ EN NUESTRAS MANOS... DECIDIR EL TONO.

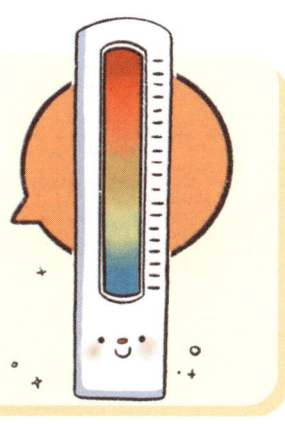

Podemos decidir el **TONO DE NUESTRA VOZ**, que es la temperatura de las palabras que salen de nuestra boca.

Es muy importante elegir bien las palabras que salen de nuestra boca, pero también es esencial tener en cuenta **LA TEMPERATURA** de esas palabras. La temperatura es el **TONO**, es decir, el volumen y la fuerza que utilizamos al expresarlas.

Una temperatura caliente es cuando le gritamos a alguien, y una temperatura fría es cuando decimos las cosas de forma brusca o antipática. La temperatura ideal es la **CÁLIDA**, que es cuando hablamos con **AMABILIDAD**.

Cuando hablamos, es importante que utilicemos palabras con **LA TEMPERATURA** que nos gustaría que usaran con nosotros las personas de nuestro alrededor, porque ¡el tono con el que hablamos seguramente será el tono con el que nos contesten!

La temperatura que utilicemos puede hacer subir o bajar la temperatura de la situación en la que estamos.

CONTROLAR la temperatura de tus palabras es importante para ser respetuosos, porque el **TONO** que utilizamos, al igual que las palabras que elegimos, pueden herir los sentimientos de los demás.

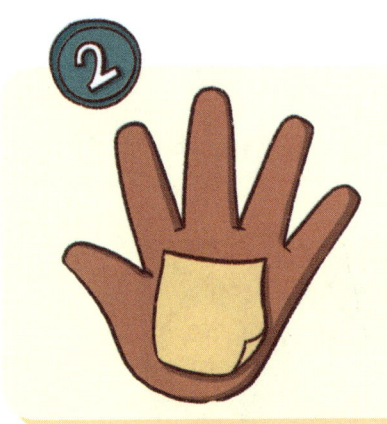 

② ESTÁ EN NUESTRAS MANOS... AGRADECER.

Solemos **QUEJARNOS** en voz alta, pero también podemos **AGRADECER EN VOZ ALTA LAS COSAS BUENAS QUE NOS PASAN CADA DÍA**. ¡Y verás que son muchas! Hay que agradecer todas las cosas, por sencillas que sean. Aunque las tengamos cada día, eso no significa que no sean importantes. No las demos por descontado. Por ejemplo, podemos **AGRADECER** en voz alta:

Cuando llega tu momento favorito del día.

Cuando alguien hace algo bonito por ti.

Cuando te acuestas en tu cama tan acogedora.

3

ESTÁ EN NUESTRAS MANOS... AYUDAR.

Está en nuestras manos decidir **AYUDAR** a los demás, y eso es una cualidad muy bonita. Una forma de entrenarnos es ayudar en casa cada día. Seguro que hay algunas tareas o actividades que pueden hacer. Además, verán que cuando **AYUDAMOS** ocurre una cosa muy curiosa en nuestro corazón y cerebro… Nos sentimos **ÚTILES**.

Vamos a decidir juntos qué tareas pueden hacer:

Hacer la cama por la mañana.

Cuidar una planta.

Ayudar en las tareas de la casa.

ESTÁ EN NUESTRAS MANOS... CONECTARNOS.

Igual que necesitamos recargar el celular para llenarlo de energía, las personas tenemos que recargarnos de **AMOR** de la gente que nos quiere, porque esa energía es muy valiosa y la necesitamos para funcionar bien.

EL CONTACTO FÍSICO (abrazos, besos, apapachos, caricias…) **NOS CONECTA** con la gente que nos quiere.

Sentirnos **CONECTADOS** con las personas que queremos es tan importante como respirar o comer.

De pequeños, estaban siempre pegaditos a mí, como ahora lo está Javi, pero a medida que se van haciendo grandes, que van a la escuela y hacen más cosas solos, a veces pasa el día y no paramos, no podemos conectar.

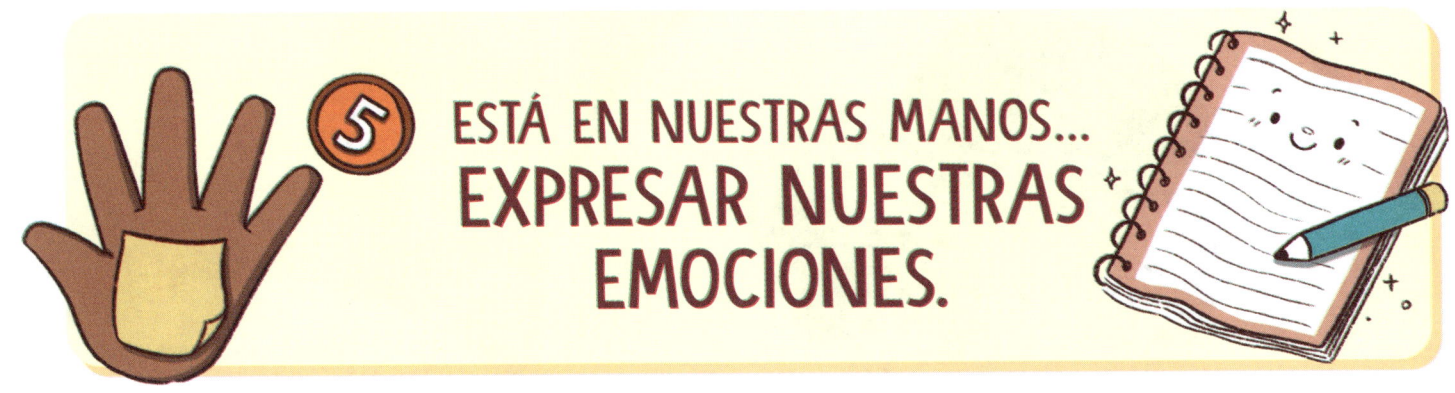

5. ESTÁ EN NUESTRAS MANOS... EXPRESAR NUESTRAS EMOCIONES.

Igual que nos limpiamos el cuerpo, lavamos la ropa y los platos, también tenemos que sacar las «manchas» que tenemos en el corazón y la cabeza por las cosas malas que a veces nos pasan. ¿Y eso qué significa?

Que debemos «limpiarlas», y una forma muy buena de hacerlo es **ESCRIBIENDO** en una libreta especial.

EL CUERPO

LA CASA

LAS EMOCIONES

Es bueno parar un ratito cada semana para expresar qué cosas te molestan o preocupan en casa, en la escuela o contigo mismo. Puedes escribirlo o dibujarlo, y puedes compartirlo con alguien o quedártelo para ti. Como tú prefieras. Para ayudarte a empezar, he hecho esta plantilla que puedes copiar en una libreta. Porque si estas cosas no las sacamos, se nos quedan dentro como si fueran manchas y eso puede hacer que estemos de mal humor. Es más fácil estar bien y ser positivos si expresamos nuestras emociones.

CÓMO ME SIENTO – QUÉ ME MOLESTA/PREOCUPA	
CASA	
COLEGIO	
TÚ	

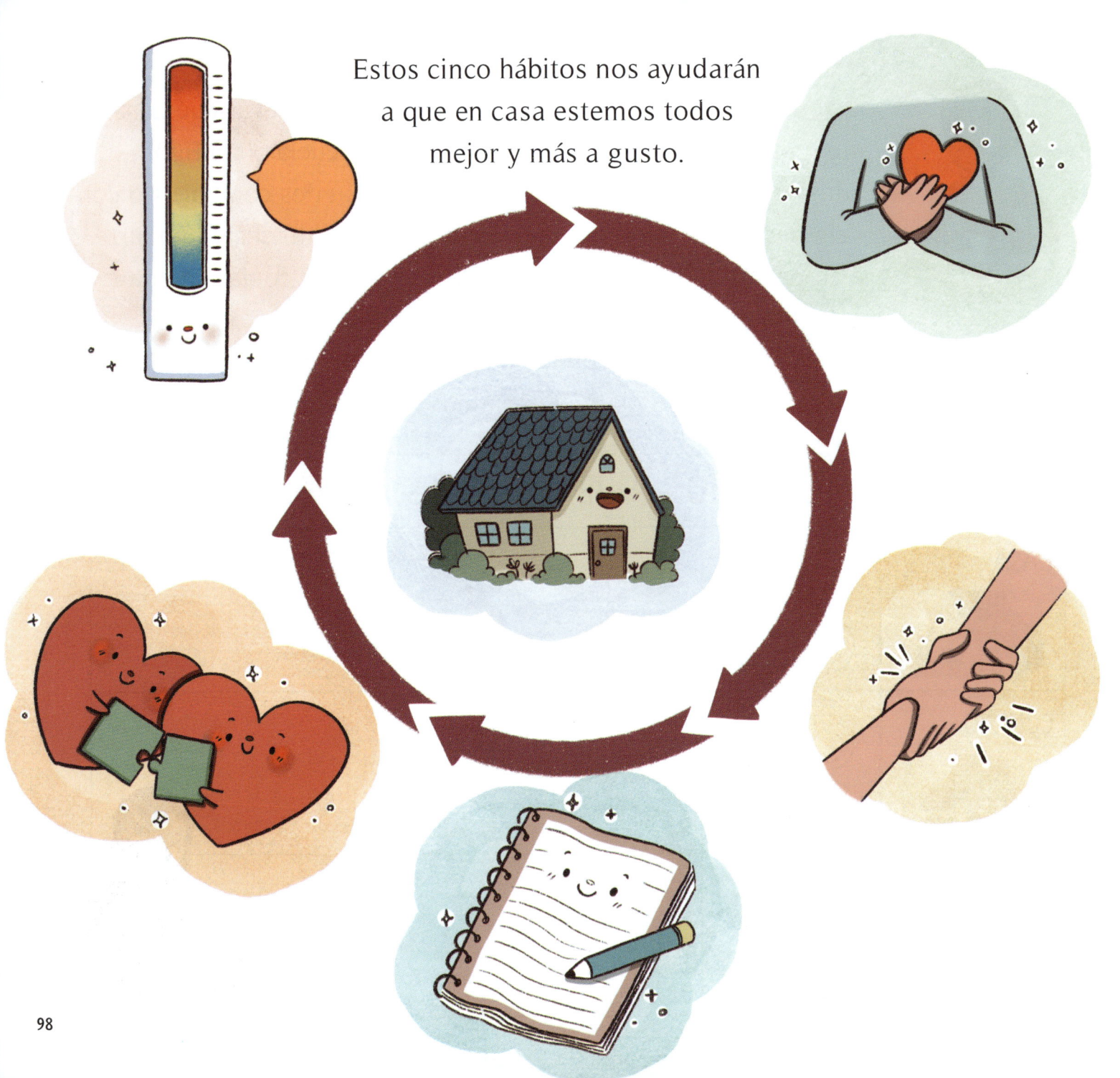
Estos cinco hábitos nos ayudarán a que en casa estemos todos mejor y más a gusto.

DENTRO DE TI tienes el **PODER** de aprender a **DECIDIR** qué hábitos incorporas en tu rutina diaria.

FIN

6. LA BRÚJULA

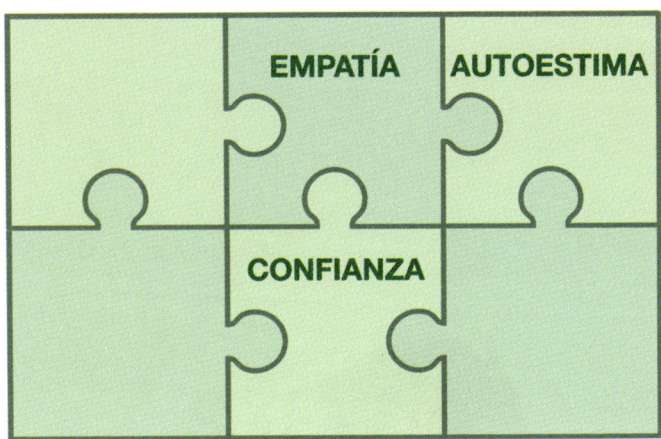

Conceptos a transmitir

Quise acabar este libro con un cuento que trata un tema muy importante: cuando tomemos una decisión, tenemos que asegurarnos de que esta no solamente nos beneficie a nosotros mismos, sino que no perjudique a los demás. Que nuestros actos contribuyan de una forma positiva a la sociedad.

Nuestros hijos e hijas se encontrarán en muchas situaciones en las que hacer lo correcto no será la opción más fácil. Y es importante que, ante la disyuntiva de hacer lo correcto o hacer lo fácil, elijan hacer lo correcto, tanto por ellos mismos como por los demás.

La brújula

En el colegio de la profesora Paloma se fueron unos días de campamento. Llevan mucho tiempo preparándolo y están todos muy emocionados y, a la vez, un poco nerviosos, porque para muchos de ellos es la primera vez que duermen fuera de casa.

Una mañana salieron temprano de caminata para ir a ver una pequeña cascada. Hacía un día muy soleado, todos llevaban la cantimplora llena y un bocadillo en la mochila. Después de estar andando un buen rato, de repente llegaron a una bifurcación donde no había ningún letrero que indicara cuál era el camino que tenían que seguir. La profesora Paloma dudó un momento.

—¿Estamos perdidos? —preguntó Jaime.

—¿No podremos volver nunca al campamento? —añadió Carmen.

—¿Nos quedaremos aquí perdidos para siempre? —se sumó Óscar.

—¡No se preocupen! —les contestó su profesora—. Llevo una brújula en el bolsillo y sé que tenemos que ir en dirección noreste.

Y, siguiendo la brújula, finalmente llegaron a la cascada.

Esa misma noche, después de cenar, se reunieron alrededor de una hoguera y empezaron a hablar de lo bien que se la habían pasado bañándose en la cascada.

—Menos mal que teníamos la brújula —dijo uno de los niños.

—Nos salvó la vida —añadió otro.

—Pues sí, la brújula es muy útil —respondió la profesora Paloma—, pero les voy a hablar sobre **OTRO TIPO DE BRÚJULA** aún más importante y útil que esta.

Todos los niños se quedaron intrigados, pendientes de lo que les iba a decir.

—Les explicaré una cosa que me contó mi papá cuando yo tenía su edad y estábamos también de campamento. Me dijo que todos tenemos una brújula aún más importante que **NO** indica norte o sur, sino que, cuando estamos entre dos opciones, nos indica cuál es la que está **BIEN** y la que no. En el fondo, todos sabemos si está bien hacer algo o no. Lo que ocurre es que en ocasiones lo correcto no es la opción más fácil y quizá preferimos hacer lo más fácil en vez de lo correcto. Y eso nunca es una buena idea. Esta brújula interior es la que nos ayuda a recordar que debemos elegir lo **CORRECTO**, aunque no sea lo más fácil.

¿Y saben cuándo hay que utilizarla?

Por ejemplo, cuando están jugando a un juego de mesa y tienen muchas ganas de ganar, en el fondo **SABEN** que **NO** deben hacer trampas, aunque nadie se dé cuenta.

Y si hicieron algo que no está bien y ven que culpan a otro compañero, en el fondo **SABEN** que **LO CORRECTO** es que digan que fueron ustedes.

O, por ejemplo, cuando en una fiesta de cumpleaños hay una piñata, tienen que dejar que todo el mundo tome algo. Y si ven que alguien se queda sin nada, deben ofrecerle alguna de las cosas que tomaron. En el fondo, **SABEN** que, en estos casos, **LO CORRECTO** es que nadie se quede sin nada.

Seguro que se han encontrado alguna vez en este tipo de situaciones, ¿verdad? —les preguntó la profesora.

Carmen levantó la mano y compartió una experiencia que había vivido:

—Una vez, en el parque, vi una muñeca tirada en el suelo que no era de nadie que estuviera allí. Aunque era muy bonita, no la tomé porque sabía que **LO CORRECTO** era **NO** hacerlo, porque lo más probable era que la persona que la había dejado volvería a por ella.

—Una vez estaba en una tienda de cosas de Navidad —se sumó Óscar—. Aunque mis papás me dijeron que no tocara nada, tomé una decoración y se rompió. En vez de esconderla detrás de las demás, sabía que lo **CORRECTO** era decírselo a mi mamá, así que avisamos al encargado.

—Los felicito, son muy buenos ejemplos de cómo usar la brújula —dijo Paloma.

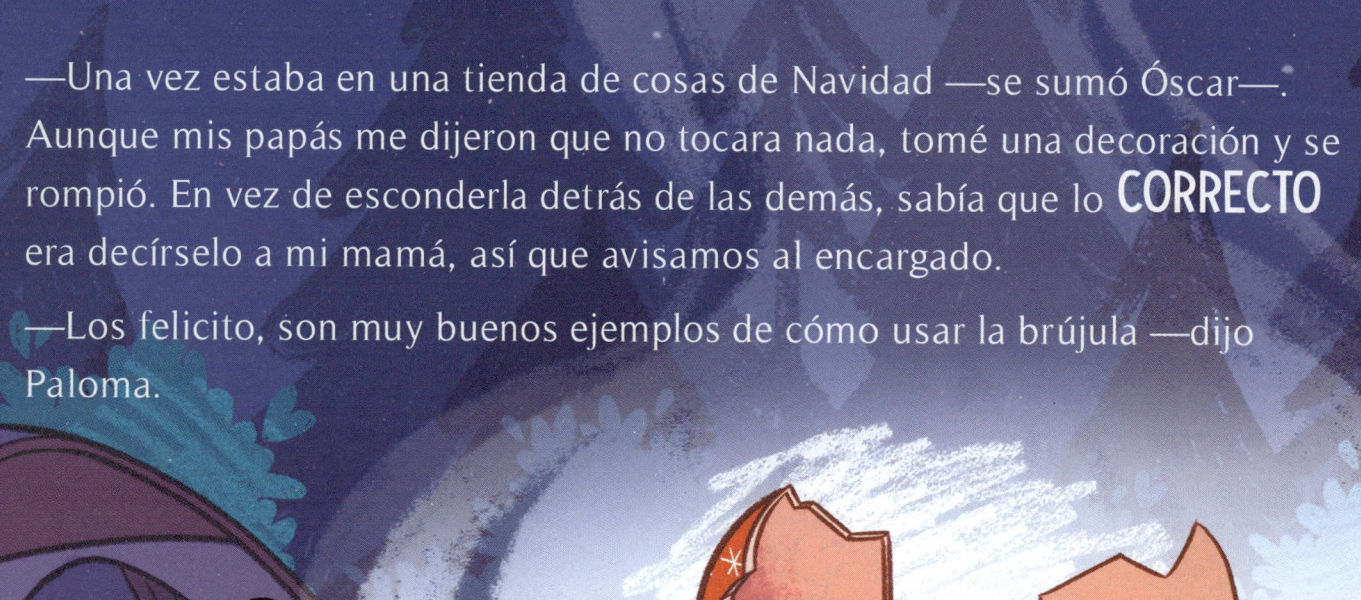

Por eso, cuando tomas una decisión, es importante asegurarte de que no perjudique a otra persona. **DENTRO DE TI** está el **PODER** de decidir en qué dirección vas y si haces lo correcto, aunque no sea lo fácil. **TÚ DECIDES.**

FIN

Y para terminar...

AHORA TE TOCA A TI

Ahora te toca a ti ser el protagonista. A continuación, encontrarás un apartado sobre cada uno de los cuentos para que pienses en una situación similar en la que te hayas encontrado y comentes qué **DECISIÓN** tomaste o qué harías si te volvieras a encontrar en una situación similar. Puedes dibujarla o escribirla, y luego coméntala con tus papás.

DIBUJA

ESCRIBE

HABLA

DENTRO DE TI

Haz una lista de todas las cosas y habilidades que tienes dentro de ti.

LAS ESCALERAS

¿Recuerdas alguna situación como la de Santi y Alba en la que cometieras un error? ¿Qué palabras elegiste para subir las escaleras y aprender de tu error?

VEO, VEO... ¿QUÉ VES?

¿Recuerdas alguna situación como la de Vicky, en la que te compararas con los demás y te sintieras mal?

LAS TACHUELAS

A veces, sin darnos cuenta, nos ponemos en modo tachuela porque nos ponemos de mal humor porque las cosas no son como queríamos. ¿Recuerdas alguna experiencia así?

EN TUS MANOS

¿Practicas alguno de estos cinco HÁBITOS DE ORO? ¿Cuál de ellos crees que te ayudará más en casa?

LA BRÚJULA

¿Recuerdas alguna situación en la que tuvieras que elegir entre hacer lo correcto o hacer lo fácil? ¿Verdad que en el fondo sabías qué era LO CORRECTO?

TAMBIÉN PUEDES LEER

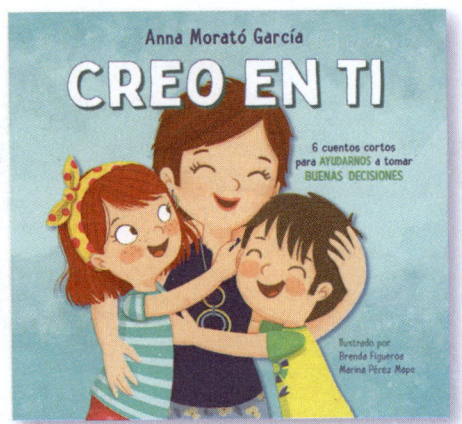